동그라미 한마음

동그라미 한마음

2024년 4월 15일 제 1판 인쇄 발행

지 은 이 ｜ 박부산
펴 낸 이 ｜ 박종래
펴 낸 곳 ｜ 도서출판 명성서림

등록번호 ｜ 301-2014-013
주　　　소 ｜ 04625 서울시 중구 필동로 6(2층·3층)
대표전화 ｜ 02)2277-2800
팩　　　스 ｜ 02)2277-8945
이 메 일 ｜ ms8944@chol.com

값 10,000원
ISBN 979-11-93543-67-2

동그라미 한마음

박부산 시조집

도서출판 명성서림

시인의 말

새 봄맞이.
꽃 향기 고와지는 호시절 시詩 자락 드리워도
정작 마음의 봄은 멀다. 종달새 노래하고
아지랑이 손짓하는 봄 그립다

시집 상재.
해를 거듭할수록 남은 것은 회한뿐, 정형시로 허전함을
달래다.
일곱 번째 늦둥이 부끄럽지만 애착이 가는 것은
내 인생의 자서전, 사랑하는 그대에게 바치는

시조 산책.

오래 전 문학지에 발표한 작품을 가족처럼 한 자리

'시조와 더불어' 부록으로.

산문과 시 곁들여 독자와의 거리감 좁히고 싶다

교단 여적餘滴.

교직을 천직으로 긴 세월 지켰는데, 추락한 교권

수호를 위한 교단 시 아쉽다. 훗날을 기약하며

'동그라미 한마음'으로

2024년 봄날

奉鎭 박부산

1

장미꽃사랑

2

그토록 기다림

3

청산에서 살리라

4

발길 닿는 대로

5

만남, 그리고 이별

부록 ──── 시조와 더불어

1

장미꽃 사랑

청룡의 해맞이

용의 기운 본받고자 용왕산[1] 오르다
서슬 퍼런 용띠생 매우 의미심장한데
웅비의 비상
용맹은 용두사미 맥빠지다

기 꺾인 묵은 용 희망 품고 해맞이
조화능력 무궁무진 명성 승천하도록.
오늘 밤
꿈 속에서나마 용꿈 한 번 꾸었으면

수많은 전설 품은 힘과 지혜의 상징
천하 제일 고귀한 존재 청룡이여,
왕성한 기운
샘 솟아 행복한 사랑으로

1) 서울시 양천구 소재

장미꽃 사랑

천만 송이
장미 축제 황홀하여 신바람

울긋불긋 사로잡는
아름다운 추억

절절히 그리움 사무쳐
사모의 정 노래하다

열정
송두리째 불사르기 위해

함초롬히 정성 담아 바치는 꽃다발
마음 속 진실한 한 마디,

사랑합니다 당신

동그라미 한마음

열과 성을 다하여 그리는 동그라미
알뜰한 생의 무게 두둑이 밝혀주는
눈부신
고요 속으로 별 하나 반짝이다

세모,
네모보다 선뜻 호감주는
관대한 포용력 여백을 품에 안아
비뚜로 모나지 않고 원만하여 복스럽다

화근 각 세우고 애한 짓눌러도
동그라미 안은 무지갯빛 고운 세상
오붓한 정
하나같이 변함 없는 사랑이여

발자국 나란히

바닷가 백사장에 갈매기 발자국

흘림체 휘호처럼 강한 인상 받았는데

쪼르르
파도가 밀려와 낙찰해 버렸다

걷잡을 수 없는 내 발자국 종횡무진

잠시 머뭇거리다가 사라지는 파도

바다는
환히 알고 있다 친환경 그 실체를

하얀색 이미지

가장 선호하는 색 단연 하얀색이다
떠오르는 이미지
백의민족,
백설,
백마
유난히 선명한 리듬 깨끗하고 순수하다

3원색 빛 합치면 높은 색상 하얀색

밝음을 상징하는 신비로운 조화여

산 너머 흰 국화 한 송이 기다리고 있다

밤하늘의 달

달을 바라볼 때마다 마냥 설레는 마음
수많은 신화, 전설 둥두렷이 떠올라
상상의 나래 펼치다
그리움 너머 먼 하늘

어둠 속 초승달 선禪을 닦는 경지
반달이 주는 여백 그 중용中庸 헤아리고
보름달
대단원 마무리, 달맞이 소원 빌다

인공위성
먼 길 열어 위상변화 경각심을,
이미지 덧칠해도 삭막한 분위기
서둘러 동화의 세계로, 불러오는 동요여

안방 자개장롱

새 집들이 생색내는
안방 자개 장롱

곁들여 화장대와
앉은뱅이 문갑 세트

분위기 아기자기하다
품위 극찬 두둑이

행복이 머무는
예스러운 분위기

손 때 묻을세라
조심스레 세월 닦아

볼수록 위풍당당하다
유산으로 대물림

지게의 힘

폐가 외딴 집 주인 기다리는 지게
험한 산길 누빈 양다리 멀쩡한데
싸잡아 내동댕이 치다
한 물 지나 끝장인가

서민의 생 이어주는 편리한 도구로
무거운 짐을 지는 믿음직한 일꾼
한 평생 고락을 함께
땀 젖은 연분이여

알루미늄 지게에서 지게차로 변신한
큰 힘 어마어마 해도 나무지게 낮은 자세
달려가 등에 업고 싶다
그 은혜 어찌 잊으랴

다듬잇돌 사연

전통 민속촌에서 만난 돌 받침대
야무지고
매끄러운 결이주는 이미지

빳빳한 옥양목 다듬어
시집살이 주름잡다

밤이면 마지못해 실컷 두들겨 패는
방망이
가슴치듯 마구 화풀이 해도

한 맺혀
웅어리진 사연 억장만 무너지다

달밤, 강태공

손 맛
짜릿한 입질
멀찍이 강 건너간 후

두둥실
떠 있는 보름달 건져 올려

바구니
가득 채운 시詩,
월척보다 무겁다

더 넓은 세계로

내처 가기만하고 보내기만하는 강

한 발짝 거슬러 오르지도 못하면서

태고의
숨결 이어가다 밤낮 쉴 새 없이

청징한 심산유곡 좋은 정기 받아

속살 깊은 심성 더 넓은 세계로

드디어
바다 품에 안겨 거듭나는 강물

어느 꽃가게

꽃 향기 넘치는
아름다운 보금자리
지친 일상 내려놓고
꽃과 함께 있으면

넌지시
감성을 전하는
봄이 오는 소리

행복을 파는 가게
주인의 마음 고와
복 받으면 좋으련만
얼어붙은 불경기

귀가 길
장미꽃 한 다발,
사랑의 등 밝히다

빨래터[1]

마을 앞 가로지른 냇가 공동 빨래터

아낙네 방망이질 너도나도 힘 겨루듯

뚝닥닥,
마찰음 폭발
스트레스 날아간다

찌들은 삶 걸러내어 깨끗한 마음 끼리

삼삼오오 모여앉아 대화 나누다 보면

새 소식
입소문 타고
줄줄이 흘러간다

1) 명화. 이수근 작품

신·구 세대 분열

인구수 날로 감퇴 문제점 심각한데
기성세대 넘쳐나고 줄어드는 신세대
시대가 급변한 탓이다
나 홀로 인생 봄

고령화 무색하게 범람하는 신조어
x 세대, mz 세대
밀레니얼[1] 알파 세대[2]
실타래 얽히고설키듯 혈연 복잡하다

나라의 번영을 좌우하는 신생아
새 싹의 고고성呱呱聲 하루 속히 메아리,
증손자
손잡고 걸을 수 있는 날 기다린다

1) 2000년대 출생자. 젊은 꼰대 지칭

2) 2010년부터 2020년 출생자

청자 달 항아리

정감 어린 비취색 문향聞香 그윽하여
신비로운 상감기법 터질 듯한 탄성
기교와
미적 아름다운 멋에 폭 빠지다

온전히 속 비운채 둥두렷이 떠오르는
두드러진 품격 생동감 넘치다
밝은 달
바라볼수록 황홀한 분위기

정교하고 기품 있는 부드러운 선율
고즈넉한 상념 무無와 공空 구현하듯
다복한
청자 달 항아리 고스란히 싸안다

사제지간

사춘기 때 만난 제자 황혼길 동행하다
문제아
대명사 안은 채 고교 졸업장 받은,

시련기
악연 지우고자 나누는 술 한 잔

참 스승
부끄러워 쓰러질 듯 취했는데
최근 사례 비견하면 문제점 무더기로

무사히
돌 징검다리 사이좋게 건너뛰다

짐꾼, 익스프레스

해마다 봄이 오면 이사철 전성기
더 높은 곳으로,
더 낮은 곳으로

도르르,
화물 날아가듯 급행열차 바쁘다

모조리
열린 문 만복이 들락날락,
우여곡절 긴 사연 오르락내리락

짐꾼은
파란만장한 떠돌이 길잡이

춘향골 연분緣分

광한루 오작교 연인과 깊은 인연
참 사랑 꽃 피우며 맺은 언약 송죽처럼
국악의 향기 감돌아
정절 널리 찬양하다

섬진강 굽이굽이 띠처럼 엮은 대강[1]
산수가 빼어나 고운 심성 부풀어
교단의 첫 꿈 펼치다
강물 따라 유유히

천황봉[2] 골 타 내린 삼만 평 황벌 농장
집 안의 생명줄 신토불이 산실이다
터 좋은 보배로운 땅
푸른 생명 숨 쉬는

훌쩍 멀리 떠난 몸 자나깨나 못 잊어
해마다 풍년맞이 입암[3] 종갓집 향연
정 깊은
마음의 고향 준마 타고 달려간다

1) 남원시 대강면
2) 남원시 보절면 소재. 만행산
3) 남원시 금지면 소재

궁금한 수수께끼

호기심 상자 열면 알쏭달쏭 궁금증
떼돈을 버는 곳[1]
내일이 없다는 것[2]

은근히
재치 있는 문답 알고 보면 싱겁다

심심풀이
스무고개 가까스로 넘어도
드러나지 않는 복잡 미묘한 사건

영구히
베일에 가린 흑막 미궁 속으로

1) 목욕탕
2) 하루살이

바람개비

명승지 이색 풍차 수레바퀴 집채처럼

바람과 만나면 금방 살아나는 생명

뱅, 뱅, 뱅
원을 그리며 동심을 품 안으로

어린이 놀이터 신나는 바람개비

앞서거니 뒤서거니 줄 지어 달리는,

어릴 적
달리기 선수 쏜 살 같이 바람 타다

나 아닌 나

– 독사진

까까머리 소년과
백발 노인 만난 자리
 낯익은
얼굴인데 서먹서먹한 처지

수십 년
틈 벌어진 세월
실종된 나를 찾다

정녕
나 아닌 나, 그저 어리둥절하여
허울 좋은 명함 대신
잊어버린 아명 생각

반갑다,
흑백 사진 속
족보 이름 봉진奉鎭

2

그토록 기다림

공중 전화 박스

그리움 가득 담긴
옛 추억 돋는 공간
오렌지족 몸통 서민의 삶 곁으로

덜커덕,
동전 구르는 소리 심장 뛰다

통째로 쌓인 대화 주고 받다보면
긴 시간 물 흐르듯
수화기 숨 가쁘다

찬 시선 빗발치는데 통화 중,
어쩌나

그토록 기다림

시련은 시작부터 인내의 과정으로
한 줄기
빛을 향한 여유 있는 기대

해 뜨고 질 때
설레임과 아쉬움 달래다

반가운 메시지 느긋이 기다리면
봄바람 불어와
사랑의 꽃 피겠지

최적기
성숙한 결실 가슴까지 뜨겁다

공원 벤치 의자

녹음과
꽃 향기 진한 근린 공원에서

해종일 하염없이 기다리는
휴게 공간

아무나
앉으면 주인 전혀 차별 없다

찾아오는 발길 따라
엇갈리는 희비

고민을 성찰하고,
연인과 소통하고

시간이
머무는 쉼터, 산책길 지킴이

나목, 그 의지

곤두박질 영하 날씨, 시련기 맞은 나목

생명의 빛 기다리며 숨 죽인 채 월동나기

겨우내 묵념 수행하는 인내력 대단하다

긴 사색 끝에 다진 끈기 깊이 뿌리내려
변화무쌍한 매력 사시사철 경이롭다
늘 푸른 소나무보다 신진대사 활성화

현명한 책

황금 같은 재산
무엇보다 책인데
마을 책방 사라지고 PC방, 노래방

쉽사리
쾌락 빠지기 전
좋은 책과 가까이

인생의
바른 길 가르치는 지침서
산 지식 대들보 많을수록 빛나는,

힘 들 때
지혜로운 양식
보물 따로 없다

교단의 추억

동서남북 철새처럼 찾아가는 교정
산촌에서,
어촌에서,
평야지로,
대도시로
골고루 씨앗 뿌리다 푸른 내일 위에

웃음꽃
만발한 교실 봄빛 내려앉아
울긋불긋한 추억 그리움 눈부시다
낯 익은
모범학생 얼굴
좋은 자리 잡았을까

곶감, 동심으로

설 명절
고향 선물 굉장히 다디달다

제물 중 선호대상
동심 선잠 깨우는,

호랑이
곶감 전래동화 호기심 불러오다

주식 시황

주식시장 문턱에서 고개 갸웃거리다가
물불
가리지 않고 점점 빠져드는 매력
운 좋아 돈방석 앉은 간 큰 사람 부럽다

속절 없이 내리막길 거머잡은 빚더미
워낙
바람 잘 타 애간장 태우는데
위기를 모면하는 게 무엇보다 상책이다

알맞게 속도조절 타이밍 결정타
연일
주식 시세 상한가 쾌청해도
절대로 지인에게는 권하고 싶지 않다

온돌방 사연

시골집 방 고래 위 널찍한 구들장

뜨거운 찜질방처럼 열기 펄펄 기 받는 곳

한겨울 건강한 잠자리 무병장수 누리다

얄미운 신경통 몸뚱어리 잡죄면
뜨끈뜨끈한 온돌방 몸조리 십상인데
화려한 침대 파묻혀 식은 땀만 주르르

반가운 손편지

편한 문자 메시지 불티나게 빗발칠 뿐
손 편지
감정 메말라 여태 감감 무소식

보은의 정
잊지 못해 무딘 손길 다리 놓다

해 묵은 편지함을 수 놓은 꽃봉투
기쁨 주는 새 소식
봄 기운이 스멀스멀,

마음을
이어주는 정 진솔하여 옹골지다

여인 천하

시들먹한 남자들은 일자리 지키는데

친목회식,
산책길은
치맛자락 유행바람

시대가 바뀌다 보니 꽃 잔치 화려하다

사진첩 일대기

한 컷,
한 컷
아련히 떠오르는 기억 저 편
흑백사진 아픔,
컬러사진 미소
내 곁을 지키는 세월 잡힐 듯 멀어지다

만감萬感 교차하는
배경사진,
인물사진
명승지 연줄 타고 그리움 복원하다
과거를 잃어버리기 전
동영상 만들기

제야의 종소리

단 1초 사이 분수령
365일
송구영신

소원을 비는 인파, 복福 눈 메시지 전하다

보신각
종 크게 울려라,
휴전선 저 멀리

봄날 광장 풍경

매끄럽게 포장된 아이들 놀이터
킥보드
보란 듯이 잽싸게 활개치다

청소년 야구게임 정점
힘껏 치고,
달리고

젊은 남녀
꽃밭에서 밀담 나누는데
한가로이 산책하는 애완견과 주인

벤치의
노인
눈 감은 채 그리움에 뒤척이다

노래 부르기

여태
선천적인 음치 탓만 했는데
마음을 뒤흔드는
매미의 빼어난 창唱

엇박자
틈 벌어져도
남 몰래 목청 돋우다

'하나의 사랑'은
가사 좋아 애창곡
황홀한
감상 떠나 사내답게 노래하기

우울감
털어낼수록
홀가분히 기분 좋다

동치미, 그 맛

진수성찬 산해진미 먹거리 역겨워

목이 칼칼할 때 아삭아삭 감치는

어머니
손 맛 보약처럼
속풀이 한 사발

불의 전이

부싯돌
쓱싹쓱싹,
태초의 빛 깨어나고

성냥
찌꺽찌꺽,
번개처럼 천지개벽

라이터
찰칵찰칵,
신세기 화인火印찍다

문명의 길잡이 전기 불꽃 전성기
첨단시대 비약 온통 휘황찬란하다
태양광, 풍력발전기 꾸역꾸역 파고들고

휴일 맞이

젊은 날
줄다리기 기진맥진 쓰러질 듯
눈여겨 보는 달력 일요일만 기다린다

모처럼
황금연휴 맞이 생일처럼 경사

늘그막
맨날 휴일 의미 없는 오늘,
기분 흐리멍정하여 달력 있으나마나

눈 앞에
길고 긴 안식일 다가오고 있다

호롱불 그 시절

밤 새워
등잔불 아래 글을 읽는 선비

불꽃
시들시들하여 심지 돋우는데

먼 동이 트는
새벽녘
사서삼경 햇빛 보다

정월 대보름

고유한 민속 명절
보름달 떠오르면
오곡밥 화합 다짐,
악귀 쫓는 지신밟기

전통의 장場
세시풍속
휘영청 달이 밝다

기꺼이 달마중
달집 태우기 절정
마음 속 지피는 불씨
타오르는 소원이여

온 집안
평안하기를,
밝은 기운 가득이

장수 가족

할아버지 한약방은 산수 좋은
진안고원
온통 인삼 단지 꿀벌도 모여들고

나 또한
첩약 눈 익히기
감기조차 잊었다

약손으로 빚은 처방 훈훈하여
온 가족
몸 튼튼히 화목한 분위기

불효자
크게 뉘우치다
가업 잇지 못한 죄

겨레의 염원

- 독립 기념관에서

수난을 이겨낸 굳센 의지 장하여
가슴 깊이 새긴 역사의 발자취

'역사를 잊은 겨레에게 미래는 없다'[1]

핏발선 칼바람 맨주먹 맞서도
나라사랑 한마음 결코 꺾지 못해

민족혼 일떠세우다 뭉치면 열리는 길

1) 독립 기념관 게시문 인용. 충남 천안시 목천읍 소재

여백은

　미완성 시詩의 장場

　보다 푸른 내일 위해

　　〈무제1〉

3

청산에서 살리라

고주배기 인생

전성기
앞다투어 욕망 치솟았는데
군불 땔감마저 때 잃어 허송세월

산 속에
나동그라진 자질구레한 모습

기구한 팔자소관
운명을 탓하기 전
분수를 지키며 우선 앞가림부터

끝맺음
자기 몫이다 새롭게 변신을

청산에서 살리라

대도시 인구집중 도움닫기 상승
볼거리,
즐길거리 여흥 푸짐해도
메마른 감정 치밀어 마음은 자연으로

자주 보는 TV 프로
'나는 자연인이다'
원초의 향기 묻혀 조용히 살아가는
주인공 부러운 나머지 열렬히 시청하다

거창하게 치솟은 아파트 살면서
푸른 숲 속 경계 없는 오두막집 그리워
밤이면
안거安居에 들다 좋은 꿈도 꾸고

흙과 만남

풀꽃
흐드러진 골목 발걸음 가붓한데
도심 좁은 길까지 말끔하게 포장

상쾌한 흙내음
땅 기운
흔적 없이 딱딱하다

다행히 흙과 만나 맨발로
공원 산책
문명을 등지고 너도나도 원시로

황톳길,
장수를
꿈 꾸는 자연 치유의 길

또 다른 새

도심 공원 줏대 없이 찾아오는
철새 무리
전망 좋은 쉼터 부리나케 끼어들어

익명의
새소리 떠들썩,
밉살맞아 귀 밖으로

새 아침 열어주는 산 너머 텃새 생각
참새,
딱새, 직박구리 즐거운 합창소리

삽시간
무르익은 동심
고향 하늘 날아가다

산 속의 옹달샘

깊은
산 속에서 만난 생명의 오아시스

'누가 와서 먹나요'
귀 익은 동요[1] 떠올라

한 웅큼 입가심부터
불끈 원기 샘 솟다

시원한
쉼터에서 잠시 머무는 동안

홍단풍 잎새 띄워
정답게 나누는 정

옹달샘
품고 있는 산은 복 받은 산이다

1) 윤석중의 옹달샘

비밀번호

움직이면 따라붙는 혼자만의 전용 암호
본인 신분증처럼 엄격하게 보호받는,

실체가
드러날가 봐
주변부터 살피다

아파트 현관부터 은행 창구 복잡다단,
가끔 깜박 헷갈려 당황할 때도 있다

지난 날
부담 없이 살던
그 시절 좋았는데

짐의 무게

무시로
다가오는 크고 작은 짐들
살아가기 위해서 짐을 지고 산다
일상의 짐
내려놓아도
짓누르는 무게

강물이 흘러가고 함박눈 내리는
파란 시詩,
하얀 시
짐더미 홀가분하여
온전히 끌어안고 싶다
색다른 짐 품 안으로

합죽선, 태고 바람

여름철 더위 잡는 선풍기, 에어컨 대신
합죽선
천 년 바람 산들산들 불어오다

학 한 쌍

심심산천에서

훨훨 날아오고

대청소하기

사나흘
한 번씩 앞장서서 청결 운동
2층 단독주택 살 때 꽤나 힘들었는데
아파트
편리하여 좋다
건너뛰는 실외 청소

구석구석
쓸고 닦을수록 반지르르,
말끔히 정리정돈
마무리하고 나면
졸장부
몸 때 벗기는 일 기다리고 있다

택배 천국

필요한 물품을 주문하자마자
신속하게 달려오는 화장지,
꽃 한 다발

오늘 날
여간 편한 세상
다리 뻗고 호강하다

이웃 핀잔 무시한 채
직접 쇼핑 사서 고생
오히려 건강하고 기분 명쾌하다

구시대
뒷 골목 주인공
스스로 택배기사

수석, 거북이

변산반도 등에 지고 좌선하는
거북이
뭍과 물 아우르며 속세를 주시하다

집 안의
지혜로운 영물,
백 년 복덩어리

더욱
낮은 자세로 꿋꿋이 살아가며
긴 세월 온갖 수난 끝까지 앙버티다

언제쯤
무병장수 비결
본받을 수 있을까

진실한 친구

대충 떠오르는 우정의 사자성어
관포지교,
금란지교,
수어지교,
죽마지우

유일한 마음의 벗은 과연 몇 명 있을까

좋은 친구,
나쁜 친구
어려울 때 알 수 있다
많은 친구 중에서 내 일처럼 앞장서는,

나부터 반성할 일이다 진실한 믿음을

아카시아꽃 피면

봄 축제 한 마당 환하게 등불 밝혀

순수한 자연의 풍경 멋들어지다

때 아닌
첫 눈 내리듯
아늑한 분위기

한시름 덜어주는 해맑은 꽃숭어리

소꿉놀이 시절 향기 무르익다

단둘이
가위, 바위, 보
꽃잎 한 잎 따 먹고

뿌리 공원[1]

만성산
자락 아래 유동천 침산보沈는
골짜기물 합류한 성씨별[2] 조형물

효 문화
족보 탄생을 알려주고 있다

부모가 자식에게 꼭 보여 줄 곳으로
두 나무가 어우러진 잔디광장
연리지,

뿌리를 찾아야 한다
본인의 성씨를

1) 대전 광역시 중구 침산동 소재

2) 244개 성씨

특별한 건강식

아침 식사 전 손쉬운 삼위일체 간식
달걀,
양파,
토마토

영양가 금줄 잇다

줄넘기
더 많이,
더 높이

백 세 훌쩍 뛰어넘듯

족보 대대로

밤하늘 반짝이는 별을 헤아리다
은하수,
북두칠성, 샛별 총총한 뭇별을

빛나는
인명 백과사전
대 이어 뿌듯하다

가문의 약력 담은 소중한 최고 보물
조상의
숨결 이어 충효전가 내림받아

항렬 자字
살피다가 낙점,
줄표 서열 면목 없다

착하게 살자

성인,
군자 아니라도 깨끗한 사람은
성깔 모나지 않고 깍듯이 겸손하다

뒤돌아
흉보는 대신 반기는 미소여

생떼 고집하지 말고 십분 아량 베풀면
예쁜 꽃,
좋은 사람 따라붙는 수식어

좌우명,
착하게 살자 사리사욕 버리고

대치동 학원가

사교육
일번지
봄바람 문전성시

차원 높은
책가방
엄청나게 무겁다

막바지

계단 오를수록

상승하는 킬러 문항

카카오톡 방

새 시대 복잡한 일 도와주는
모두 마음
하나같이 형형색색 볼 만하다

별천지
황홀한 세상
춤을 추듯 반갑다

쾌락 넘치는 스릴 호기심 부풀어
채팅
숨차 오를수록 아슬아슬한 순간

아뿔사,
흔들리는 중심
스스로 선 긋기

전통의 맥
- 시조

나무 중에 소나무, 꽃 중에 도라지꽃
참으로 기품 있고 감치는 고아古雅한 멋
은밀히 정 나누다 보면 마음 흡족하다

서민, 양반 할 것 없이 열린 공간에서
사랑을 속삭이고 더러는 한恨 풀이
긴 세월 뿌리 깊은 얼, 살아있는 단심가[1]여

1) 고려 말 충신 정몽주 시조

휴식의 공간
시와 함께
인생을 생각하는

<무제2>

4

발길 닿는 대로

섬진강 유람

데미샘[1] 발원하여 운암호 품에 안고

물줄기 오백여 리 굽이굽이 펼치다

냅다 소쿠라지며 휘모리 창 한 가락

명승지 휘 돌아 물길 따라 가다보면

순박한 산촌 마을 훈훈한 이야기 물씬,

은어 떼 거슬러오르다 그리운 정 잊지 못해

1) 전북 진안군 백운면 소재

발길 닿는 대로

경노 우대카드 전동차 무임승차

수도권 천리마 발길 닿는 대로,

뒤늦게
대접 받는 세상
터 자리 알아본다

동네 한 바퀴

– 노량진

심심할 때마다 마을 주변 나들이
판에 박힌 일 순위 시장 눈요기부터
전국의
수산물 총망라 보는 재미 쏠쏠하다

취준생 숨 가쁜 소문난 학원가
휴일도 반납하고 지식 힘 겨루는데
한평생
경쟁 없이 사는 노약자 계면쩍다

달동네 비좁은 길 쉬엄쉬엄 오르다가
만나는 이웃사촌 마음 편해 다정다감
왕매미
감나무집에서 안빈낙도 노래하다

남녀노소 안식처 근린공원 찾아
꽃길 따라 산책하며 사색의 여유 즐겨
슬며시
매혹에 빠지다 머물수록 꿈 꾸듯

앞으로 나아가다
작품명 – move forward

정물화,
풍경화 훌쩍 뛰어넘어
추상화 앞에 서면 원초적 잠재의식
도무지 이해할 수 없다 끈기 있는 성찰을

다양한 선과 선,
색이 주는 이미지
불꽃과 불꽃이 한 데 어우러져
태양이 이글거리는 강렬한 힘 뜨겁다

지구 위해 우주 창조
거창한 표제 상징
새 가치 창출 위해 과감히 도전을,
희망의 빛 끌어안다 더 나은 미래로

노점상 큰 손

시장통
칠순 노파
억센 손 무쇠처럼

자수성가
손수 다진
천 금보다 값진 영광

봄나물 선심 쓰는
큰 손,
늦추위 주춤하다

불모지대

안전한
평탄대로 여태 활보했는데
막바지 갈림길 망설임의 끝자락

남들이
가지 않은 곳
불모지 어떠랴

비록
버림받은 자투리 땅인들
야생화 피어 있는 사유思惟의 터전에서

한 그루
소나무 아래
머물 수 있다면

다산 초당茶山草堂[1]

만덕산
백련사 동백나무 숲길 따라

다산
숨결 머무는 실학 산실 발자취

천일각
정석丁石[2] 바위 찾아
목민심서[3] 새기다

1) 전남 강진군 소재. 다산 정약용 유배지

2) 정약용丁若鏞이 직접 새긴 바위

3) 정약용 저서

대청마루 멋

안방과 건넌방 사이 널찍한 마루바닥

사첩복합문 열어 솔바람 불어오다

안식처
큰 대자로 누워 무더위 잊어버리고

태평세월 흥에 겨워 운韻 띄우는 시 한 수

확 트인 한옥의 멋 여간 운치 있는데…

따분한
아파트 거실 온고지신 위안 삼다

김치 열풍

입동 지나자마자 김장철 성수기
정성을 가득 담아 항상 맛깔스럽다
끼니 때 김치 없는 밥상
요기하는 둥 마는 둥

지역,
기후 따라 팔도 김치 특색 자랑
배추김치, 총각김치, 갓김치, 나박김치
개성이 가득한 손 맛 입맛을 좌우한다

오만 가지 영양 듬뿍 건강 식품으로
먹음직한 그 감촉 혀 끝 깨워 엄지척
장하다,
우리 김치 문화 승승장구 세계로

벌점 아닌 승점

고령자 낙인찍혀 스스로 짐을 벗다
운전 면허증 반납,
승용차 폐차도

빈 마음
충전하고자 매일같이 걷기

속도 위반,
신호 위반 벌점 지우기 위해
구슬땀 흘리며 무병장수 승점 쌓다

열심히 획득한 보람
무면허 자격증

걷기 운동

까치발 시작부터 뚜벅뚜벅 걸음마

돌 때는 자신만만 앞만 보고 전진

남달리 앞서나가다 선천적 탓인가

흰 머리 보란 듯이 산으로, 강변으로

일과처럼 꾸준히 하루 일만 보 걷기

금자탑 세우고 싶다 쓰러질 때까지

전통시장 명물
- 뻥튀기

전통시장
배불뚝이
낮은 자세 허물 없다

서민에게 베푸는
후한 선심
싸구려!

때마침
뻥,
뜨거운 환성 마음 한껏 부풀다

소래포구[1]에서

수인선[2]
소래 철교 민망하여 쓸쓸해도
과거 명색 지키듯
꽃게, 새우 수두룩히
신선한
먹거리 천지 수산시장 붐비다

다양한 볼거리 중
협궤열차,
생태공원
해오름 광장 축제 하늬바람 춤을 추다
한 번쯤
가볼 만한 곳 어제와 오늘 체험

1) 인천시 남동구 논현동 소재

2) 1930년 일제강점기 천일염 수탈하기 위해 만든 철도

12 지간 띠

재미있는 설화, 전설 간직한 띠를 보면

해마다 동물 순서대로 만물의 길흉 판단

사람의 운세와 인생을 차별화 점 찍다

활동과 시간 따라 관심 부추기는데

선호도 달라도 운명 어찌하랴

곤댓짓, 위풍당당한 용띠생도 기죽었다

무료할 때면

나이 많은 만큼 무료할 때가 많다
타인
눈치 볼 일 신경 쓸 것 없이

긴 잠을
푸지게 자거나 정처없이 나들이

실속 없는 호사豪奢 어영부영 따분하다
이젠
마음 바로잡고 신중하게 처신하기

새 각오
좋은 것 즐기고, 나쁜 것은 참고

도심, 그 골목길

새 물결 출렁이는 이국적 골목 어귀

길을 잃은 나그네 어리둥절 서성이는

세월이
사라진 자리 아쉬움만 머물다

들쑥날쑥 돌변하여 투깔스런 인상

좁다란 길 돌고 돌아 흔적 찾다 보면

별안간
익숙한 풍경 슬그머니 눈을 뜬다

십자로 신호등

빨간 불꽃 발길 세워 기다리는 동안

파란 불꽃 앞 세워 인파 밀물처럼

구원의 빛
기다리는데
거역은 끝장이다

줄 지어 꼬리 잇는 크고 작은 차량들

일제히 정지하면 일제히 전진하고

지혜로
다스리는 힘
일사불란, 신속하다

올림픽대로

여의도 구간에서 동작대교 8차선은

서울의 대동맥 번영의 활주로

이국적 한강 숲길 조망 눈 비벼 다시 보다

위로 자동차길, 그 아래 자전거길,
산책길 어우러져 들꽃·갈대 만나다

반갑다.
올림픽 공원
세계를 품 안으로

아름다운 고유어

대도시 나들이 무색하여 낯 뜨거워
간판,
아파트 명칭 외래어 유행바람
해외로 여행한 기분 눈도장 지우다

우리 말 사라져 기분 우중충한데
유별나게 재치 있는 오밀조밀한 태깔
확연히 걸맞는
고유어 귀중한 보물찾다

아리송한 것보다 마음으로 잇는
아이디어 멋 있어 드높은 긍지를,
끈끈한 정
변함 없이 국어사랑, 나라사랑

팔영산[1]에서

정상 나란히
봉,
봉,
봉
굴곡진 신기루

가까이 보면 절경,
멀리 보면 환경幻景

다도해 일품 볼 만하다 건너뛰면
섬,
섬,
섬

1) 전남 고흥군 소재 다도해 해상 국립공원

뜻 깊은 날
- 결혼식

축복이 무르익는 그윽한 향기 속에
청홍사 드리우고 한 마음 한 뜻으로
크나큰
영광을 위해 힘차게 첫 출발을

지난 세월 꿋꿋이 착하게 살아오며
성숙한 지혜로 중심을 지킨 보람
온 세상
눈뜨게 하는 찬란한 빛이여

뜨겁게 비는 소망 불꽃처럼 타올라
혼신의 사랑으로 여명의 나래 펼쳐
영원히
금슬 좋은 원앙 행복을 누리리라

신발, 발자취

질서정연한 신발장 행적 고스란히
때와 장소 따라 빈부차 드러나다
다양한 독보적 존재,
태반 헌 신발뿐

초등학교 시절 검정 고무신 밋밋해도
날아가듯 가붓하여 남 몰래 애착을,
밑 창이 닳아빠지도록
골목길 누비다

중등학교 시절 흰 운동화 인기 높아
끈 질끈 동여매고 콧노래 부르며
궂은 날 진흙 묻을세라
조심스레 나들이

대학시절 가죽구두 굽 치켜 세우고
빤질빤질 광내고자 매만지는 손길
힘차게 앞서나가다
뚜벅뚜벅 보란 듯이

노년기 때 신발 여간 거추장스럽다
맵시보다 건강 위해 편한 것 골라 신기
갑자기 먼 길 떠나는 날
홀가분히 맨발로

5

만남, 그리고 이별

기억 지우개

나이
지긋한데 열심히 공부한다

읽고,
쓰고 다른 모습 세월의 가르침

그 열정
사라질세라 밝히는 불씨어

쓰고,
그리기 중 지우개는 필수품

시나브로
지우는 과거 안타깝다

원컨대,
나쁜 기억만 지울 수 있다면

만남, 그리고 이별

태어나서 수십 번 이삿짐 쌓고 풀기
이사팔자
부전자전 진저리 이골나다

인연의
끈 잇지 못한 채
전국 떠도는 발길

정 떠난
적막강산 덩그러니 허망뿐
한 곳에 뿌리내린 고향 친구 부럽다

한평생
이별 없는 만남,
웃으며 살아가는

춘하추동

입춘,
꽃길 나들이 향기 훈훈하다
사랑의 메시지 희희낙락 생기 넘쳐
호시절 흐뭇한 분위기 늘어지게 즐기는

입하,
더운 열기 악착같이 짓눌러도
가장 좋은 피서는 이열치열 진땀빼기
당차게 뚝심 치솟아 의기양양 거침 없다

입추,
천고마비 계절 알알이 영근 결실
성숙한 보람만큼 마음 또한 풍요로워
비지땀 엮은 풍년가 흥겨워 살맛나다

입동,
추위 무릅쓰고 칼바람 맞선 투지
심기일전 심호흡 원기 충전하다
겨우내 기다릴 수밖에 회춘할 때까지

내시경 검사

완전히 속 비운 채 통째로 몸 맡기다

위에서 대장까지 위 아래 싸잡아

몸 속을 휘 젓고 다니는 비정의 카메라

속속들이 파고 들어 흉한 흠집 드러나
빗발치는 엄한 경고 자존심 기 죽다
사는 길 지적한 대로 당연히 절대복종

잃어버린 시간

장식품 과시하는 집 안의
각종 시계
여유로운 시간 옥죄어 현기증

굴레를
벗어나기 위해
손목시계 풀어놓다

구석기 시대처럼 시계 없는 세상
마침내
여유만만 참으로 한갓지다

해시계
철석같이 믿고
그런 대로 사는 게지

비무장지대

– 철원 통일 전망대에서

한반도 가로지른 남북 군사분계선
칠십여 년
금지 구역 원한 쌓인 세월
긴장감 뼈를 깎는 진통 소용돌이 치다

에두른
철책 따라 산짐승 모여 살며
온갖 꽃 피어나는 자연 생태계 보고
때마침 봄바람 불어 소망 하나 없는다

기도가 세상을 바꿀 수 있다면
살벌한 지뢰밭 무궁화 공원으로,
통일의 꿈 이루는 날
새로 쓰는 나의 시詩여

극한 상황

* 가뭄

심장이 갈라지는 지겨운 칠년 대한
생명수 물 한 방울 쓰러질 듯 피 마르다
당장에
축복받는 단비 몽땅 쏟아졌으면

* 호우

장대비 물 폭탄 순식간 강물처럼

난리통 아수라장 눈 앞이 캄캄하다

대홍수,
영리한 AI도 도저히 손 못 쓰는

무인 감시 카메라

감옥 아닌 감옥에서
죄인 아닌 죄인으로
CCTV 감시 아래 살아가는 비정상 몸

사생활
흠결 없어도 어쩐지 꺼림직하다

끄나풀 옭아매듯
인공위성조차 감시
늘 방구석 처박혀 신음할 수도 없고

차라리
두더쥐처럼 지하에서 지낼거나

바둑 대결

서로 만나자마자 싸움부터 일삼다
뺏고,
빼앗기고,
죽고,
살아나는
치열한 흑·백의 대결 악착같이 결판내기

끝내
화해 한 번 없이 티격태격 신경전
끈질긴 알력 다툼 승패 쌓일 때까지

전생의
악연 짓궂다
남은 과제 첩첩산중

건강한 웃음

건강의
비결은 자주 웃는 습관부터
부담 없는 웃음 우울증 치료제

한바탕
크게 웃다보니
바보 아닌 호걸답다

소리 없는 밝은 미소
너그러이 감싸주어
메마른 몸과 마음 한결 누그러지다

배시시
평화로운 고요,
미소가 주는 선물

오늘의 신문

눈으로 보는 정보, 머리로 오는 판단

지구촌 이웃처럼 빠르고 바른 소식

쉬는 날 신문 없으면
세상 물정 안개 끼듯

가치 있는 믿음 오로지 사명으로

약자의 변함 없는 진실한 대변인

핵보다
강력한 힘은 바로 신문이다

꿈 속에서

밤이면 잊지않고 찾아가는
꿈나라
길몽은 멀리 있고 악몽만 설치는,

잠조차
무시 당하여
어처구니 없다

걸핏하면 무턱대고 달라붙는
개꿈
밤새도록 전전긍긍 단잠을 잃었다

궁색한
나이 탓일까
사라진 복돼지 꿈

나방 애벌레

지상에서 활보 중 함정 빠져
허우적,
순식간 강제로 끌려가는 먹이사슬

개미들
저력 대단하다
거구마저 숨 죽이는

은빛 나래 펼치는 화려한
비상은
재수가 옴 붙듯 위 아래 뒤바뀌다

어엿한
길앞잡이[1]로
 환생할 것인가

1) 딱정벌래 곤충. 개미 천적

못 잊어, 봄바람

사춘기 때
여드름 봉긋이 솟아 올라
그리움에 지친 밤 몸부림 가슴 훑는,

첫 사랑
홍역紅疫 꽃처럼
스쳐가는 봄바람

어둠 속
세월 너머 서막序幕 내렸는데
백합꽃 필 무렵 다가오는 미련

하늘에 띄운
연정 시
시작과 끝이다

열린 지평
– 장애인 잡지

드넓은
황무지 가는 길 험난해도
빛을 향한 집념 눈물나게 정겨워

힘 내어
한 발짝, 두 발짝
응달진 곳 벗어나다

한 줄기 희망의 끈
사이좋게 손을 잡고
따뜻한 정 나누는 열린 지평 요람

휠체어,
목발 응원하다
닫힌 눈과 귀도

지겨운 여름밤

낮에도 설치는 모기 여름밤은 독무대

더위보다 얄미워
마구잡이 화풀이

미물과 곤욕을 치르는 수치심 간지럽다

팔자 좋은 사람 거들떠 보지 않고

서민을 표적 대상,
눈치 빨라 밉살맞다

증오의 적 모기뿐이랴 약빠리 판치는데

날아가지 못하는 새
– 새조개

천수만灣[1]
겨울 축제 맡아놓고 우선순위
영락없이 빼박은 바다 새 날아가듯

어둠 속
벗어나고자
탈바꿈한 것인가

하늘을 동경한 바램 몸부림쳐도
허무하게
물거품 명색 볼썽사나워

단 한 번 날지 못한 새
결국
새가 아니다

1) 충남 서산시 부석면 간월도리

반려견 2

다문화 바람 타는 외래종
말티즈
주인 품에 안겨 상팔자 호강하다

날마다
간드러지게
아양 떨어 인기몰이

영리하고 용맹한 재래종
진돗개
균형잡힌 몸매로 충성심 생명처럼

해 지면
꼬리 세우다
민첩한 집 지킴이

재앙, 불꽃처럼

* 말기 암癌

癌,
산 꼭대기 납골당 조마조마 두렵다
환자의 위급한 증상 따라 경고하듯
더 이상
방심할 수 없다 최선책은 유비무환

* 돌림병

정유년丁酉年
새 해 닭 띠 신음소리 전국으로
돌림병 휘몰아쳐 삼천 만 마리 생매장
광야[1]의 닭 홰치는 소리
어둠 속 깨어나다

* 치아 교정

오복과
먼 치아 임플란트 판치는데
금이빨 앞세워도 가식이 빚은 불효[2]
영구치 어찌 견주랴
부끄러워 입 다물다

1) 이육사의 시

2) 출전 효경. 신체발부수지부모 身體髮膚受之父母

병원 응급실

하루 동안
자리이동 들락날락 부지기수
남녀노소 환자들 병명도 가지가지

진통제
주사기 꼽은 채
숨차게 신음하다

환자 몸뚱어리 꼼짝없이 차압 당해
가느다란
구원의 빛 간절히 비는 소원

새 아침
잃어버린 웃음
찾을 수 있을까

오늘도 무사히

한 때는
명예를 저울질했는데

충충대 오를수록
더욱 낮아지는 몸

역부족 호화로운 꿈
진즉 사그라지다

재력마저 빈약하여
구차한 연금 인생

쏨쏨이 베풀며
조심조심 사는 것뿐

소망은 더 바랄 것 없다
오늘도 무사히

마음의 꽃

꽃을 가꾸는 동안 날마다 새롭다

잡념 잃어버리고 누그러지는 마음

더 나은 생을 기대하며
새 봄맞이
화분 갈이

꽃이면 아무거나 무조건 좋지만

사랑의 정 깊은 연분홍 꽃송이

동백꽃
나무를 심다
꽃말[1] 너무 좋아서

1) 당신을 사랑합니다

시조와 더불어

1. 시조 인생

- 박병순 시조시인 추모

박부산

김만경 지평선에 낙조가 황홀하다
퉁기는 불똥이며 짓타는 노을 보라
저 정열 인생에 주는 이 한 암시 아닐까.

싱싱한 이파리가 불붙는 단풍 되듯
마지막 지는 해가 서산을 물들이듯
우리의 임종에서도 심장 곱게 튀거라.

– 박병순 '낙조' 전문

  인생을 황홀한 낙조와 고운 단풍에 비유한 의미심장한
연시조다. 마지막 지는 낙조는 인생에 주는 암시 곧 임종
이다. 서산을 물들이는 노을과 붉게 타는 단풍처럼 운명
은 한 순간. '낙조'를 통해 구름재 박병순 시조시인의 참
모습을 보는 것 같아 감회가 깊다.

구름재 박병순 시조시인은 전북 진안군 부귀면 세동리 출신으로 교육자요 한글학자다. 1956년 처녀시조집 '낙수첩'을 비롯하여 2008년 91세로 작고하기까지 12권의 시조집을 상재하였는데, 평생 교육에 몸담아 나라사랑, 한글사랑, 시조사랑 삼애三愛정신을 몸소 실천하였다.

구름재의 인간애와 시조문학 업적을 기리기 위해 최근 구름재 박병순 시조시인 생가 복원사업이 추진 중이다. 작고한지 7년째, 늦게나마 반가운 일이다.

구름재님을 처음 대면한 것은 1959년 전주공고 3학년 때다. 국어 수업이 끝나면 문예부 활동에 전념하시는 그 정성에 탄복했다. 손수 자비로 1952년 직접 간행한 우리나라 최초의 시조 전문지 '신조'(5집)를 배부해 주시며, 신조에 실린 자작시 '내리사랑'을 낭송해 주었다. 나는 크게 감동받아 비로소 시조에 대한 관심을 갖게 되었다.

새로 창간한 교지 '솔' 1면은 졸업시단 특집으로 내 작품 '밤길'이 소개되어 시조는 내 운명을 바꾸어 놓았다. 이공계로 진출하고자 공고 화학과를 졸업했는데 엉뚱하게 국문학을 전공한 시조시인이 되고 말았다.

천천히 걸어 간다
가다 쉬고, 가다 쉬고
달도,
별도 없는 밤길 한 없이 멀고 멀다

무작정
발길 닿는 대로
걷다보면 시골길

변두리 벗어나 상쾌한 바람 따라
향긋한
흙내음 고향처럼 반갑다

개구리
울음소리 따라 젖어오는
향수여

- 졸작 '밤길' 전문

교지에 소개한 '밤길'보다 최초의 작품은 고3 때 전북
일보에 발표한 시 '곡선曲線'이었는데 결국 인생의 전환
점이 되고 말았다.

그러나 엇바뀐 인생을 후회한 일은 없다. 시조를 통해
성품이 고결하고 인자하신 구름재님을 닮고자 결심했는
데, 오히려 배은망덕 고개를 들 수 없다.

전주여고 국어 교사로 근무할 때, 시조시인에 대한 열
망이 간절하여 그동안 써온 시조 작품을 소포로 발송했
다. 당시 한양대학교에 출강하며 한국 시조문학 회장과

권위 있는 '시조문학'지 집필위원, 심사위원, 기획위원까지 맡은 구름재님은 같은 고향이고, 초등학교 대선배일 뿐만 아니라 사제지간이라 너무 안일하게 생각한 것이 큰 과오였다.

인정이 넘칠망정 공과 사는 엄격하였고, 특히 등단의 기회는 쉽사리 부여하지 않았다. 좀 더 자극을 주기 위한 1년 간의 시련를 견디지 못하고 성미 급한 나는 다른 문학 잡지(문학과 의식)를 통해 1989년 등단하였다.

등단 후 1년 만에 졸작을 돌려받고 보니 처음 그대로 봉합한 채였다. 인고의 수련 과정인 줄도 모르고 경거망동하여 솔직히 죄의식이 앞섰다. 작품을 다시 보니 엉망진창, 퇴고할 곳이 많았는데, 개봉하지 않아 오히려 천만다행이었다.

교직에 있는 동안 문예부 활동 중 나역시 학생들의 작품을 서둘러 평가하는 대신 오래 뜸 들이는 습작 시간을 부여했는데, 그간 몸소 느낀 바를 실행에 옮겼을 뿐이다.

구름재님이 작고하기 직전까지 '전라시조'에 작품을 계속 빌표하며 집필 일자와 연호를 단기檀紀로 기록하였다. 십여 년을 항상 바로 뒷자리를 따라다닌 나는 송구스러웠으나 순서가 앞서는 일 한 번도 없었다. 그러나 이제는 구름재님의 삼애 사랑을 더는 본받을 수 없어 아쉽기만 하다.

강원도 화천에는 시조시인 월하 이태극(서울대 명예

교수) 문학관이 개관하여 발길이 이어지고 있으며, 해마다 월하 시조문학상을 수여하고 있다. 현대시조의 선구자 가람의 뿌리를 계승한 월하와 구름재는 한국 시조문학의 큰 별인데, 호남의 태두泰斗 구름재 박병순 문학상은커녕 여태 기념관도 없이 제 자리만 홀로 지키고 있다.

큰 별이 사라진 후 향토 시조문학은 중앙으로 활발하게 진출하지 못하고 침체의 늪에 빠져 간신히 명맥만 유지하고 있다.

하루 속히 구름재 박병순 시조시인 생가와 더불어 문학관도 개관하여 소중한 자료와 활동을 한 자리에서 살펴볼 수 있는 봄날을 기대하면서 머리 숙여 화답시 한 수 구름 결에 띄운다.

꽃구름 한데 모인 첩첩산중 부귀마을
구름재
신선처럼 높이 떠받들어

한평생 쌓아올린 보람
한 겹 한 겹 펼치나니

오로지
겨레 위해 아픈 세월 삭히며
두터운 사랑으로 베푸는 고운 심성

온 누리 눈 뜨는 전통 시
마음을 울리는

'문을 바르기 전에, 가을이 짙어가오,
초록 따라
바람 따라, 새 눈 새 맘으로,

해돋이 해넘이노래, 행복한 날 별빛처럼'1)

곱게 물든 저녁노을 순식간 사라져도
희망의
불씨 남아 밝아오는 여명이여

구름재
우러러볼수록 임 모습 돋보이네.

1) 박병순 시조집 제명題名

– 졸작 '구름재' 전문
– 흐름 문학 제3호

* 후기後記.
구름재 박병순 시조시인 생가 복원 준공(2016.12.16.)
전북 진안군 부귀면 소재
구름재 박병순 문학관 개관 추진(2023. 10)

2. 시조 산책
- 동작 충효의 길

박부산

　서울 동작구는 충효의 고장이다. 나라와 부모를 위해 충성을 바친 조상의 얼이 군데군데 남아 있어 유적지를 통해 충효정신을 선양하고 있다. 충효의 길 7코스 중 3코스부터 답사. 흑석동 효사정 공원부터 노량진 사육신공원 그리고 상도동 국사봉과 동작동 현충원의 발자취를 더듬으며 시의 길 펼치다.

효사정[1] 공원

대가[2]의 시문 앞에 화답시 올리고
먼 산 향해 노래하는 사모곡
남은 일
효 문학 길 닦기, 눈 빛 흐려지기 전

---

1) 조선 초 우의정 노한의 정자
2) 조선 세종 때 집현전 학사 정인지

136

효사정 공원 비탈길 오르다가 심훈의 상록수 문학비 만나고 확 트인 정상 올라 경관 휘 둘러보다. 한강 조망 그저 감탄사.

이어 대가의 시문 골똘히 음미하며 노한의 충정어린 효심에 탄복하다. 구구절절 감동주는 교훈 필히 본받을 만하다

사육신 공원

단종을 품에 안은 사육신 공원애서
충의가[1] 불러보고 아로새긴 충절
한 서린
병자사화[2] 태풍, 우수수 꽃잎지다

1) 사육신 성삼문의 시조
2) 조선 세조 때 단종 복위 사건

뜻 깊은 불이문不二門 지나며 사육신 중 성삼문, 박팽년 충절 시조를 음미하다. 노량진 고시생들이 즐겨 찾는 산책로, 미래 공직자로서 느낀 점 많으리라.

사육신 공원은 서울 세계 불꽃 축제의 명소로 과연 명당자리다. 하산 길 만난 야생화 정원은 끈질긴 생명력의 원천. 충절의 본보기 인상 깊다.

국사봉

삼성산 정상 올라 경복궁 바라보며
세종 치덕 기리는
양녕[1] 의리 본받고자,
산 중의 산 보배롭다 덕성 품은 산자락

1) 양녕대군. 태종의 장남

　삼성산 국사봉 공원은 관악구와 동작구 경계 고갯마루. 낮으막한 산이지만 무학대사가 창건한 사자암을 비롯하여 몇몇 암자가 병풍처럼 둘러 있다. 서울 시가지를 한 눈에 바라볼 수 있는 아늑한 보금자리.
　또한 산 아래는 양녕의 이제 묘역이 자리잡고 있어 한결 돋보인다.

국립 현충원

순국 선열,
호국 영령 무지갯빛 둘레길은
겨레의 얼 한 마당 보물같은 성지聖地
충혼탑 우러러보며 숭고한 뜻 새기나니

현충원 정문 들어서면 충성 분수대 나라사랑 치솟다. 태극 깃발 힘차게 펄럭이는 민족의 성역. 비둘기 무리 지어 평화를 노래하고, 때마침 능수벚꽃 만발하여 인파 붐비다. 충혼탑 앞에서 굳센 의지 다짐하며 진혼곡 가슴에 새겨 바치는 추모의 시. 또 다른 충효의 길을 기약하다.

동작문학 제 18호 (첨삭)

3. 시조와 바둑

박부산

바둑은 일상 취미 생활에서 건강을 지키는 일종의 스포츠로 자리매김하고 있다. 남녀노소 할 것 없이 바둑 인구가 많은 이유는 친목을 도모하고, 정신건강을 위한 두뇌운동에 이바지하고 있기 때문이다.

처음 바둑을 두기 시작한 것은 사십 대 초반. 바둑의 무궁무진한 매력에 빠져 어깨 너머로 배웠는데, 사고력을 북돋아 준 끈기는 한 평생 디딤돌이 되었다.

지혜롭게 사는 법을
처음 알고 나서
조심조심
살다보니 부끄러운 인생

제자와 맞수면 어떠랴
정석대로 사는데

넓은 자리 많은데도

뛰어들지 못하고

남은 자리

차지하며 구차스레 이어온 삶

남들의 조소 어떠랴

과욕만은 금물인데

- 졸작 '바둑 인생' (1) 전문

바둑은 삶의 발판 원동력이다. 바둑 속에 인생의 길이
보인다. 바둑을 통해서 배우는 인생, 가치 있는 삶이다.
소통이 적고 포용력이 부족한 사람의 약점을 보강해 주
위 어려울 때마다 도움 준다. 나의 기력은 자그마치 오십
년 앞질러도 기껏해야 1급까지 꼭지점 찍었을 뿐 아마
초단은 엄두도 못내는 부끄러운 신세, 두뇌 탓하기보다
태만이 빚은 결과다.

컴퓨터

인터넷 바둑 세상 들어가면

맞수 끼리 대국하는 놀이방 흥미롭다

수인사 나누자마자

벌어지는 탐색전

드디어

실전에서 심성을 헤아리다

대범하고, 옹졸하고,

느리고, 급한 성깔

무던히 속상하지만 참을수록 높은 승률

– 졸작 '바둑 인생' (2) 전문

평상 시 바둑에 관심 가졌다가 퇴직 후 컴퓨터 인터넷 바둑 방 자주 찾는 것은 심심풀이 보다 우울증과 치매 예방에 효과 있는 탓.

낯 모르는 이와 대국을 하다보면 상대방 성격을 알 수 있다. 먼저 성격을 파악하면 까다로운 사람과 대국하는데 도움이 된다. 만남의 설레임이 갈등의 고리가 될지언정 인내로 다스려야 한다.

착지가 승패 좌우 침착하게 이어가기

한 번만 실수해도

순식간 나락으로,

방심은 걸림돌이다

생사 좌우하는 패霸여

아뿔싸,

맥 잘못 짚어 참으로 난처한데

장고 끝에 묘수 한 수 죽었다가 살아나는,

이윽고

마무리 판정승 천하를 거느리듯

– 졸작 '바둑 인생' (3) 전문

처음 착지 한 번 실수하면 과오를 범하는 패인. 그렇다고 좌절하지 않고 기회를 엿보는 게 상수다.

바둑에서 패覇야말로 운명을 좌우하는 열쇠다. 잘못 쓰면 걸림돌 패가망신 허무하게 무너진다. 그러나 패에 이기면 행운을 가져다 주워 기쁨을 누린다. 기사회생 바로 바둑의 묘미.

물불

가리지 않고 넓은 땅 독차지

섣불리 도전하여

기세등등 당차다

졸지에

치솟은 모험심 천 길 벼랑으로

지나친 사욕때문

남은 것은 허망뿐

분수도 모르고 부질 없이 헛살다
끝까지
정석대로 삶,
인생의 바른 길

－졸작 '바둑 인생' (4) 전문

기분 좋게 영토를 확장한 후 사욕에 사로잡혀 과감하게 도전한 결과 여지 없이 망신. 언제나 처지를 돌아보고 심사숙고하여 대처할 것. 넓은 땅 욕심내지 아니하고 안분지족 익히 새겨 마음을 비워야 한다.

무엇보다 꿈을 실현하기 위해서 고난을 극복할 수 있는 정석이 필요하다. 그것이 진정한 결단력이다,

눈빛 흐려 잦은
실수 가진 것 거덜나도
결코
포기할 수 없다 기회 엿볼 수밖에
혼미한
정신일수록 지혜로 매듭 풀기

섣불리 나섰다가
아차, 큰 실수를

끈기 있게 한 수, 한 수

실리 찾아 취사 선택

진면목

보여주는 정석 깨끗이 마무리

– 졸작 '바둑 인생' (5) 전문

오랜 경력 잘난 척 과시하여 무참히 혼쭐나고 맥 한 번 잘못 짚어 긴 한숨. 전략에 도움주는 바둑의 십계명을 거울삼아 결정적 기회를 기다리면서 매듭을 풀어야 한다. 고군분투하여 얻은 승리야말로 값진 보람, 이는 바둑 정석이 주는 교훈이다. 두뇌 게임 흑백의 길은 정석이 좌우한다. 바둑 인생, 바둑 사랑 영원히.

흐름문학 제 12호